KB162038

www.prun21c.com

www.prun21c.com

www.prun21c.com

손으로 턱을 괴고

푸른사상 동시선 **28**

손으로 턱을 괴고

인쇄 · 2016년 4월 30일 | 발행 · 2016년 5월 5일

지은이 · 김종상
펴낸이 · 한봉숙
펴낸곳 · 푸른사상

주간 · 맹문재 | 편집 · 지순이 | 교정 · 김수란
등록 · 1999년 7월 8일 제2-2876호
주소 · 경기도 파주시 회동길 337-16 2층
　　　 서울시 중구 충무로 29(초동) 아시아미디어타워 502호
대표전화 · 02) 2268-8706(7) | 팩시밀리 · 02) 2268-8708
이메일 · prun21c@hanmail.net / prunsasang@naver.com
홈페이지 · http://www.prun21c.com

ⓒ 김종상, 2016

ISBN 979-11-308-0635-8 04810
ISBN 978-89-5640-859-0 04810 (세트)

값 11,000원

푸른사상
동시선

28

손으로 턱을 괴고

김종상 동시집

강우진(서울, 경복초 5학년)

푸른사상
PRUNSASANG

어릴 때였습니다. 어머니가 부엌에 들어온 구렁이를 몰아내고 있었습니다. 내가 부지깽이를 드니까 구렁이는 업(業)이며 이것도 인연(因緣)이니 해코지하면 나쁜 과보(果報)를 받게 된다고 했습니다. 어머니가 말한 업은 어떤 과보를 받게 하는 대상을 뜻하는 것이었습니다. 그래서 나는 작은 소리로 '네 뒤에 칼 간다. 네 집에 불났다' 하는 구렁이를 쫓을 때 부르는 전래 동요를 불렀습니다. 어머니는 그렇게 겁을 주는 것도 죄가 된다고 했습니다. 그러면서 귀빈을 배웅하듯 구렁이를 정중하게 내보냈습니다.

이때 어머니가 말한 인연이니 과보니 하는 낱말의 참뜻을 알게 된 것은 세월이 한참 지난 뒤였습니다. 인연의 인(因)은 씨앗이고 연(緣)은 환경을 뜻하는 것이었습니다. 씨앗은 좋은 환경을 만나야 잘 자랍니다. 아무리 좋은 씨앗도 사막이나 빙판에 떨어지면 싹트지 못하고 오염된 땅에 묻히면 썩고 맙니다. 만남이란 것은 인연인데 인연이 좋아야 좋은 과보가 온다고 했습니다. 과보의 과(果)는 결과이고 보(報)는 결과로 받게 되는 보답을 뜻합니다. 곡식이

나 과일 농사도 토질과 기후가 맞아야 잘 자라 많은 수확을 가져
옵니다.

어린이들은 인류의 씨앗(囚)입니다. 좋은 환경(緣)을 만나야 더
훌륭하게 자랄 수 있고, 훌륭하게 자라면 그만큼 좋은 결과(果報)
를 가져오게 됩니다.

문학작품은 인류의 씨앗(囚)인 어린이들에게 시공을 초월한 환
경(緣)이 됩니다. 나는 반세기가 넘게 어린이들을 가르치는 일을
했습니다. 그들에게 값진 정서적 자양을 주기 위해 동시를 써왔습
니다. 다시 말하면 동시를 쓰는 일이 어린이들에게 좋은 인연을
만들어주는 것이라고 생각했습니다. 내가 쓰는 시가 어린이들에
게 기름진 마음의 양식이 되어 기쁨을 주고 지혜와 정서를 풍요롭
게 가꾸어 주기를 바라는 마음입니다.

김종상

제2부 손을 잡으면

제3부 **나뭇잎 라켓**

제4부 모시나비 애벌레

감씨는 삽을 준비했어요 은숟가락 같은 앙증맞은 삽.

제1부

감의 한살이

과일나무

과일이 처음 달렸을 때는
가지가 조금 휘어지더니
과일이 굵어 갈수록
가지가 점점 휘어졌다

"아이, 무거워!"
가지는 그런 말 하지 않는다
무겁고 힘들어도 참는다

과일이 익어 따고 나니
가지는 쭉 허리를 편다
할 일을 끝낸 기쁜 표정이다.

김수빈(서울, 경복초 3학년)

관심

금방 떨어지는 꽃은
매우 예쁘고

한참 만에 지는 잎은
조금 예쁘고

늘 한결같은 줄기는
관심 밖이다.

풀물

풀밭에 앉았더니
옷에 풀물이 뱄어요

풀이 내 몸에 깔려
어디를 다쳤나 봐요

풀의 파란 피가
내 바지에 묻었어요.

가을 고추

찬 서리에 시드는
고춧대가 말했어요
"내 목숨은 어쩌지?"

고추들이 말했어요
"모두 이리 주세요."

고춧대는 시들어도
목숨은 씨앗에 담겨
해마다 다시 살지요.

하유빈(서울, 경복초 3학년)

감씨

감씨 속에는 삽이 들어 있어요
어린 싹이 땅을 뚫고 나오자면
호미 정도로는 어림도 없지요

감씨는 삽을 준비했어요
제 안에 깊숙이 품고 있는
은숟가락 같은 앙증맞은 삽.

감나무

하늘을 끌어내려서
달과 해를 가슴에 품고
우주만 한 무게로 섰어요

매미도 감나무에서는
'감, 감, 감! 나무, 나무~!'
감나무를 노래하고 있어요.

감꽃

톡, 토독! 감꽃이 떨어져요
소꿉놀이 골무도 되고
실에 꿰어 목걸이도 했지요

보릿고개 허기진 날에는
가루를 묻혀 쪄 먹기도 했던
놀잇감이고 먹거리였던 꽃.

이요안(서울, 경복초 3학년)

감

뿌리가 자아올린 물과
해님이 보내 주는 빛으로
동동동 빚어 낸 감 감 감

그 감에 맛을 채우려고
가을하늘은 높아 가고
찬 서리가 내리고 있어요.

홍시

어머니가 빨간 감잎에
홍시를 담아 주셨어요

"뒤란 감나무에서
떨어진 것이란다."

어머니의 사랑만큼
달고 말랑한 홍시.

곶감

천연스럽게 옷을 벗고
감으로부터의 '환골탈태'
새롭게 태어난 곶감

뽀얗게 분 바른 얼굴에서
은은한 향기
쫄깃하고 다디단 건시.

유현우(서울, 경복초 3학년)

감잎

감이 빨갛게 익어갈 때면
감잎도 빨갛게 물이 들고
감잎에 이슬도 빨강 구슬

감도 빨갛고 잎도 빨개서
지나던 바람도 감나무에서는
빠알간 감빛으로 펄럭이네요.

까치밥

빨갛게 타오르던 잎도 지고
앙상하게 여윈 가지 끝에
외롭게 남아 있는 홍시 하나

굶주림에 지친 새들의
허기를 메워 줄 한술 까치밥
하늘에 걸어 놓은 사랑의 열매.

가을 들판

길던 낮은 짧아 가고
덥던 해는 식어지니
풀벌레들 울고 있네

연한 풀은 말라 가고
고운 옷은 낡아지니
메뚜기는 어찌하나

들판을 쓸고 가는
가을바람 찬바람에
떨고 섰는 허수아비.

황서현(서울, 경복초 3학년)

죽어서 사는 나무

목불이 되어
연화대에 앉은 것도

장승이 되어
마을을 지키는 것도
나무입니다
죽어서 사는 나무

책상이 되어
내 공부를 돕는 것도

기둥이 되어
추녀를 받치는 것도
나무입니다
죽어서 일하는 나무.

수박과 참외

수박과 참외가
같은 밭에서 자란다

같은 햇볕과 바람
같은 물과 이슬을 받고
같은 농부가 가꾸어도

수박은 수박이라서
파랗고 머리통만 하고
참외는 참외라서
노랗고 주먹만 하다

수박은 수박씨에서 나고
참외는 참외 씨에서
태어났기 때문이다.

가을 나무

사철나무가
단풍나무에게
"옷 벗지 마. 추워!"

단풍나무는
잎을 벗어 던지며
"볕을 쬐려는 거야."

장현서(서울, 경복초 3학년)

무엇을 생각할 때는 손으로 턱을 괸다

제2부
손을 잡으면

손이 연장이다

옹달샘 물을
손으로 움켜 마셨다
손이 표주박이다

맨드라미 모종을
맨손으로 했다
손이 모종삽이다

젓가락질이 서툴러
손으로 반찬을 집었다
손이 젓가락이다.

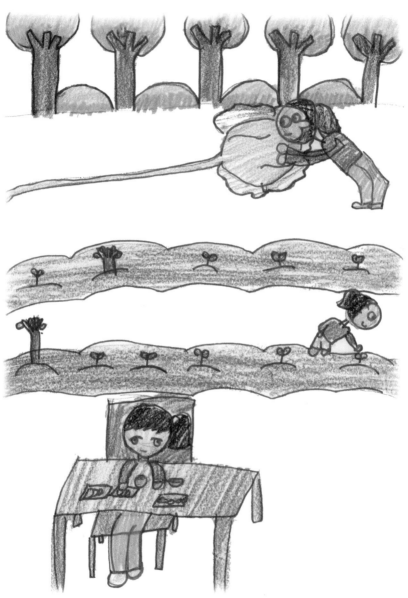

김시윤(서울, 경복초 3학년)

등딱지

언제나 등딱지를
지고 다니는 거북이

학교 가는 아이들은
귀여운 거북이다.

파리채

엄마!
파리채 그만둬요

저렇게
빌고 있잖아요.

최은규(서울, 경복초 3학년)

손을 잡으면

친구와 손을 잡으니
그의 체온이
나에게로 흘러와서
내 몸이 훈훈해진다

엄마와 손을 잡으니
심장 박동이 건너와
내 맥박에 보태져서
숨결이 더 높아진다

서로가 손을 잡으면
너와 내가 둘이 아닌
하나의 우리가 된다.

모두가 손이다

김을 맬 때는 호미가 손이고
풀을 벨 때는 낫이 손이다

밥을 먹을 때는 수저가 손이고
물을 마실 때는 컵이 손이다

나들문에서는 문고리가 손이고
옷장에서는 옷걸이가 손이다

잡아 주고 받아 주고 도와주는 것은
모두가 손이다 고마운 손이다.

손만 남아

절두산 순교 성지에는
칼을 잡은 손이 있다

믿는 사람들의
목을 자르던
망나니의 손

잘린 사람도
자르던 사람도
모두 가고 없지만

칼을 잡은 손만은
청동상으로 남아

옛일을 말하고 있다
절두산 성지에는.

손가락 하나

손가락 하나 아프니
수저도 잡기 힘들고
글씨도 쓰기 어렵다

손가락 하나 아프니
팔뚝까지 쑤시고
열도 나는 것 같다

손가락 하나 아프니
온몸이 다 앓는다
세상이 다 귀찮다.

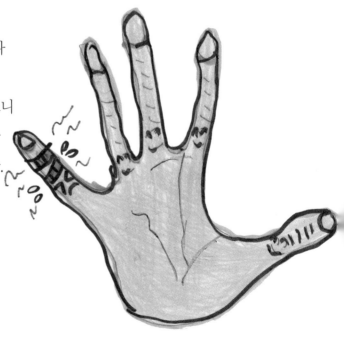

하유빈(서울, 경복초 3학년)

손

눈은
세상을 다 담지만

손은
눈을 다 덮는다

손이
세상보다 크다.

최시후(서울, 경복초 3학년)

존대말

"아빠! 할머니가
 식사 나오셨다고
 잡수시러 오시래요."

동생의 말에
어머니가 화를 냈다

"말버릇이 그게 뭐냐?
 존대말을 바로 써야지."

동생은 입술을 내밀며
고개를 갸웃거렸다

"엄마도 나에게
 왕자님, 진지 나오셨으니,
 어서 드셔요. 하셨잖아요."

"엄마는 엄마니까 그러지
너는 어린이잖아?"

손으로 턱을 괴고

무엇을 생각할 때는
손으로 턱을 괸다

절간의 부처
'미륵반가사유상'도

로댕의 조각
'생각하는 사람'도

한 손으로
턱을 괴고 있다

무엇을 생각할 때는
손으로 턱을 괸다

형아도 그렇고
내 동생도 그렇다.

이기윤(서울, 경복초 5학년)

당금질

연줄을 잡아당기면
위로 오르던 연이
연줄을 놓으면
아래로 떨어진다

채찍질을 하면
꼿꼿이 서서 돌던 팽이
채찍질을 멈추면
돌지 않고 드러눕는다

당금질이 필요한 것이
어찌 연과 팽이뿐이랴
동생도 그렇고
나도 그렇다.

등 긁기

위로 위로
거기 거기
그래, 그렇지

옳지 옳지
좋아 좋아
아이, 시원타.

어머니 몸무게

내가 말썽을 피우면
머리가 무겁대요

먼 길 다녀오시면
다리가 쇳덩이 같고

힘든 일에 지친 날은
몸이 천 근이랍니다

어머니 몸무게
오늘은 어떨까요.

배은우(서울, 경복초 3학년)

들길에서

손자가 할머니 손을 잡고
들길을 가고 있었다

"쟤는 좋겠다."
할머니 없는 아이가 말했다

"저 할머니는 좋겠다."
손자 없는 할머니가 말했다

풀을 뜯던 아기 염소가
음매, 음매! 하며 울었다.

뺑뺑이 풀기

동생과 마당에서
뺑뺑이를 돌았어요

집이 돌고
땅도 하늘도 돌아요
"아이구 어지러워!"

오른쪽으로 돌던 동생이
갑자기 왼쪽 돌기를 해요

"왜 그렇게 돌지?"
"뺑뺑이를 푸는 거야."

밤 소리

크기가 같은 소리라도
밤 소리는
멀리까지도 잘 들린다

낮 소리는 듣는 사람이 많아
가까이서 다 들어 버려서
멀리까지 들을 소리는
남아 있지 못하지만

밤에는 모두 자기 때문에
듣는 사람이 적어서
작은 소리도 남아돌아
멀리까지도 잘 들리게 된다.

정초원(서울, 경복초 6학년)

우리 마을 가을은 꼬까옷을 입고 온다.

제3부

나뭇잎 라켓

생각 나름

흙 위에
물이 괴어 바다지?

물 위에
흙이 떠서 육지야

아니야
바다와 육지는 함께야

우주에
위아래가 어디 있니?

장승민(서울, 경복초 6학년)

노상 주차

명아주 줄기에
나란히 붙어 있는
딱정벌레들은

골목길을 따라
주차해 있는
승용차들이다.

벌레 소리

내가 슬플 때는
울고 있더니

내가 기쁠 때는
노래를 하네

벌레 마음도
나와 같은가 봐.

씨앗

김씨, 박씨는
씨앗이란 뜻이다

한 집안의
대를 이어 갈
귀한 사람의 씨앗.

솜씨, 말씨는
재주나 버릇이다

세상에 태어나
사람답게 살아갈
값진 능력의 씨앗

우리는 씨앗이다

사람의 씨앗이고
희망의 씨앗이다.

이재연(서울, 경복초 6학년)

심심해서

집 나온 아기 개미와
종알종알 속삭대다

베개를 품에 안고
자장자장 합니다

빗자루 타고 앉아
마귀할멈놀이 하다

옥수수 수염 달고
에헴에헴 합니다.

산길을 갈 때

바위가 등을 돌려 대며
여기를 디디셔요

나무가 팔을 뻗치며
손을 잡아 줄게요

바람이 땀을 씻어 주며
날씨가 덥지요?

샘물이 눈을 깜빡이며
목마르면 오세요.

이런 씨앗

은단은 바람의 씨앗
입안에 넣으면
시원한 바람이
솔 솔 솔!

고추는 불의 씨앗
입안에 넣으면
화끈한 불길이
활 활 활!

칭찬은 용기의 씨앗
내 안에 들어오면
무엇이나 자신 있게
척 척 척!

이연우, 도형우(서울, 경복초 6학년)

나뭇잎 라켓

똑, 똑, 또닥!
빗방울이 떨어진다

똑, 또닥, 또다닥!
나뭇잎이 받아쳐 낸다

또닥, 또닥, 또다닥!
점점 늘어나는 빗방울

또다닥, 또다다닥!
파란 라켓이 바빠진다

다다다닥, 주루루룩!
소나기로 변한 빗방울

받아치기에 정신 없는
수만 개의 나뭇잎 라켓.

우리 마을 가을은

우리 마을 가을은
뒷산에서 내려온다

산기슭은 아직 파란데
산마루부터 가을빛으로
알락달락 물이 든다

그래서 우리 마을 뒷산은
빨강 노랑 저고리에
파란 치마를 입는다

그 옆의 산들도
같은 옷차림을 한다

우리 마을 가을은
꼬까옷을 입고 온다.

밤하늘

밤하늘은 어쩌면
바다인지도 몰라

반짝이는 별은
고깃배들이 켜 놓은
집어등일지 몰라

저것 좀 봐
달이 등댓불로
뱃길을 밝히잖아.

*집어등 : 어선에서 물고기를 유인하는 등불.

알과 씨앗

달걀에서 병아리가
풀잎 같은 날개를
파닥이며 돋아난다

달걀은
닭이 싹트는 씨앗

박씨에서 박덩굴이
날개 같은 잎을
팔락이며 깨어난다

박씨는
박덩굴이 깨는 알.

진형서(서울, 경복초 6학년)

할아버지 일기 예보

내일은 비가 오겠다
어떻게 아세요?
하늘의 달을 보렴
달무리가 졌잖아

금년은 바람이 많겠다
어떻게 아세요?
옥수수 밑둥을 보렴
버팀 뿌리가 크잖아

올겨울은 많이 춥겠다
어떻게 아세요?
냉이 뿌리를 보렴
곧은 뿌리가 길잖아.

김성은(서울, 경복초 6학년)

우주여행 중

나는 지금 우주선을 타고
하늘을 가고 있습니다

먹을 것, 입을 것, 쓸 것
빠짐없이 준비하고
놀고 즐길 것도 모두 싣고
가족과 친구들과 함께
태양계를 날아가고 있습니다

지구라는 이름의
아름다운 우주선을 타고
은하계를 달려가고 있습니다.

요술 문

"집 잘 보고 있지?"
"예, 걱정 마셔요."
외갓집 간 엄마와
메시지로 이야기하고

"여기는 코펜하겐이다.
저기 인어공주상 뵈지?"
아빠가 여행하는 곳도
영상 통화로 볼 수 있다

척! 열기만 하면
방 안에 앉아서도
어디나 통할 수 있는
휴대폰은 요술 문이다.

철이의 운동화

수업이 끝나자
수돌이가 말했다
"축구 하지 않을래?"

"나, 학원 가야 돼."
철이는 운동화를 신고
학원으로 뛰었다

학원 신발장에서
철이 운동화는 심심했다
몰래 축구장으로 갔다

"나도 좀 끼워 줘."
철이의 운동화는
공을 몰고 달렸다

공은 운동장을 가로질러
골대로 날아들었다
"어? 누가 슛을 했지?"

아이들은 어리둥절했지만
철이의 운동화는 좋아서
경충경충 뛰고 있었다.

김세훈(서울, 경복초 6학년)

그냥 두었다

창문에 먼지를 털려는데
거미가 줄에 매달려 있었다

학교 길에서 보았던
빌딩 청소부가 생각났다

외가닥 밧줄에 목숨을 달고
빌딩 벽을 닦고 있던 아저씨

쳐다보기만 해도 가슴이 뛰고
오금이 저리며 현기증이 났다

아저씨가 매달린 밧줄에는
귀여운 가족들의 목숨도
함께 매달려 있었을 것이다

창틀에 먼지가 많았지만
거미가 줄에 매달려 있어
털어 내려다가 그냥 두었다.

김주연(서울, 경복초 6학년)

잠자리가 휙! 날아오르니 지구는 한 걸음 뒤로 휙! 밀리네요.

제4부

모시나비 애벌레

업고 안고

개구리 두 마리
포개어 앉아 있다

한 놈이 다른 놈을
등에 업고 있다

업힌 놈이 업은 놈을
꼭 껴안고 있다

서로가 업고 안고
다정하게 앉아 있다.

김규민(서울, 경복초 6학년)

골짝 물은

골짝 물은 흘러가며
졸졸졸 노래를 부른다

졸졸졸 노랫소리는
향기로 날아다니며

파란 풀로 돋아나고
고운 꽃으로 피어난다

노래로 세상을 그리는
골짝 물은 그림물감이다.

김수연(서울, 경복초 6학년)

잠자리

잠자리가
대굴대굴
눈을 돌리니
머리도
대굴대굴 돌아가요

잠자리가
휙! 날아오르니
지구는 한 걸음 뒤로
휙! 밀리네요.

모시나비 애벌레

검은 털복숭이 벌레가
엉겅퀴 꽃에 붙어 있어요
모시나비도 곁에 있어요

"애, 징그러운 벌레야."
"괜찮아, 우리 아기야."

"엄마는 예쁜데
 아기는 왜 그렇지?"
개망초꽃이 물었어요

"아기가 예쁘면
 모두 잡아가잖아."

배고픈 시절

엄지를 빨며 잠든 아기는
꿈속에서 엄마 젖을 먹겠지

칡뿌리를 씹던 아이 생각은
막골 감자밭에 가 있을 거야

동화책을 읽던 형도
마음은 달나라로 가서
옥토끼와 떡방아를 찧었다니까

나라가 가난했던 옛날
할아버지들의 이야기야.

우지은(서울, 경복초 6학년)

매롱 매롱 메엘

굼벵이와 땅강아지가
메밀밭 흙 속에서 만났어

"나는 비단옷을 입을 거야."
굼벵이가 더듬거리며 말했지

"꼽추에 뚱보인 네가?"
땅강아지는 코웃음을 쳤어

"그리고 가수가 될 거야."
"너는 장님에 반벙어리잖아?"
땅강아지는 웃긴다고 했지

"나는 하늘도 날아다닐 건데……."
"느림보에 날개도 없으면서?"
땅강아지는 입을 비죽거렸어

"간절히 바라는 꿈은

반드시 이루어진다잖아."
"너에게는 개꿈일 뿐이야."

메밀밭 가 나무에서 매미가
땅강아지를 향해 소리쳤어
"매롱 매롱 메롱~, 메엘……."

꽃밭

귀여운 꽃씨들
싹 틔우려고
구름이 물뿌리개로
물을 뿌려 준다

어린 꽃모종들
어서 자라라고
해님은 등불을
환히 밝혀 준다

예쁜 꽃들
시원하게 피라고
바람은 쉬지 않고
부채질을 해 준다.

김시윤, 차승원(서울, 경복초 6학년)

수영 교실

냇가 큰 바위 앞에
돌멩이들이
올망졸망 모여 앉았어

"모두 준비 운동 하고
 깊은 물에 조심하고……."
바위 선생님이 말했어

올망졸망 돌멩이들
수영 교실이야.

책

책꽂이에서는
꼬부리고 돌아앉아
벙어리처럼
말 한마디 없더니

책상으로 나오니까
가슴을 활짝 펴고
즐거운 표정으로
이야기를 합니다.

째깍째깍

째깍째깍 시계는
땅덩이를 굴려 주고
별자리를 밀고 가지

째깍째깍 소리는
달이 걸어가는 소리
해가 지나가는 소리

째깍째깍 바늘은
세월을 돌려 주는
우주의 톱니바퀴.

강은서, 민유진(서울, 경복초 6학년)

밤송이와 까치집

밤나무에 까치집이 있었어
밤송이가 보고 말했지
"크기만 했지, 쭉정이구나."

까치가 예쁜 알을 낳았어
밤송이는 눈이 동그래졌지
"어! 쭉정이가 아니었구나."

까치가 귀여운 새끼를 깠어
밤송이가 깜짝 놀랐지
"얘, 너희들도 밤알이니?"

까치 새끼는 자라서
빈 둥지만 두고 떠났어
밤송이도 익어 알이 빠졌지

빈 쭉정이로 남아 있는
밤송이와 까치집에는

겨울바람이 들어와서
추위를 녹이고 있었어.

어지럽겠다

토란잎이
물방울을 받쳐 들고
또르르 또르르······
굴리고 있다

물방울 속에
하늘이 들어 있고
해님도 들어 있다

하늘도 해님도
또르르 또르르······
참 어지럽겠다.

조준휘(서울, 경복초 6학년)

한 식구

물새들은 모두
한솥밥으로 사는
같은 가족이에요

호수나 강을
한 그릇 밥으로
함께 먹고 살아요.

풀과 나무들은
밥 한 덩이로 사는
한집안 식구예요

땅덩이를
한 덩이 주먹밥으로
같이 먹고 같이 살아요.

추운 아침

"으으, 춥다 추워!"
나뭇잎은 등을 꼬부리고
양달 찾아 달려가고

"아이, 손 시려!"
바람은 손을 호호 불며
내 옷깃을 파고드는데

해님은 빙그레 웃으며
따스한 손길로
내 등을 쓸어 주어요.

같은 물인데도

부엌에 가면 밥을 짓는다
화장실에 가면 변기를 닦는다
같은 물인데도

세탁소에서는 빨래를 한다
공장에서는 기름때를 씻는다
같은 물인데도

곡식을 가꾸기도 하고
논밭을 쓸어 가기도 한다.
같은 물인데도.

지갑

지갑은 무얼 삼키면
입을 꽉 다물어요
잔뜩 화난 표정이어요

삼켰던 것을 뱉을 때는
입을 쩍 벌리고
커다랗게 웃어요

지갑은 베푸는 기쁨을
몸으로 보여 주어요.

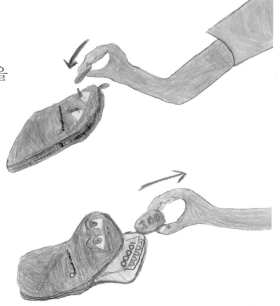

전주혁, 김택민, 송선우(서울, 경복초 6학년)

107

이 책에 실린 동시가 처음 발표된 곳

제1부 감의 한살이

과일나무 :『한국현대시』, 2015년 하반기호.

관심 :『어린이동산』, 2016년 1월호.

풀물 :『문학세대』 28호, 2013.

가을 고추 :『대구아동문학회 연간집』, 2015.

감씨 · 감나무 · 감꽃 · 감 · 홍시 · 곶감 · 감잎 · 까치밥 : 〈상주곶감공원 전시관〉, 2015. 8.

가을 들판 :『대구아동문학회 연간집』, 2015.

죽어서 사는 나무 :『PEN문학』 126호, 2015.

수박과 참외 :『마포문학』, 2015.

가을나무 :『다온문예』, 2015년 가을호.

제2부 손을 잡으면

손이 연장이다 :『문예사조』, 2015년 6월호.

등딱지 :『오늘의 동시문학』 46호, 2014.

파리채 :『구름다리 건너는 풍경소리』(한국불교아동문학회 연간집), 2015.

손을 잡으면 :『문예사조』, 2015년 6월호.

모두가 손이다 :『자유문협 사화집』, 2015.12.

손만 남아 :『다온문예』, 2015년 여름호.

손가락 하나 :『한국동시문학회 연간집』, 2015.

손 :『다온문예』, 2015년 가을호.

존대말 :『문화와 문학타임』, 2015년 가을호.

손으로 턱을 괴고 :『다온문예』, 2015년 여름호.

당금질 :『마포문학』, 2015.

등긁기 :『짚신문학』 17호, 2015.

어머니 몸무게 :『문학세대』 34호, 2015.

들길에서 :『어린이문학』, 2015년 겨울호.

빵빵이 풀기 :『아동문학평론』 152호, 2014.

밤소리 :『한국시낭송회의 제153회 낭송시집』, 2015.11

제3부 나뭇잎 라켓

생각 나름 :『마포문학』, 2015.

노상 주차 : 〈마포문협 작품 발표회〉, 2015.7.

벌레 소리 : 『구름다리 건너는 풍경소리』(한국불교아동문학회 연간집), 2015.

씨앗 : 『동산문학』 14호, 2015.

심심해서 : 『문학과 행동』 2호, 2015.

산길을 갈 때 : 『서석문학』 34호, 2015.

이런 씨앗 : 『한강문학』 2호, 2015.

나뭇잎 라켓 : 『문학의 강』 6호, 2015.

우리 마을 가을은 : 『문학과 행동』 3호, 2015.

밤하늘 : 『다온문예』 2015년 가을호.

알과 씨앗 : 『한강문학』 2호, 2015.

할아버지 일기 예보 : 『300송이 꽃으로 핀 문학』(문예사조 사화집), 2015.

우주여행 중 : 『백야에 핀 꽃』(한국신문예문학회 사화집 10호), 2015.

요술문 : 『참여문학』 60호, 2014.

철이의 운동화 : 『문학과 행동』 2호, 2015.

그냥 두었다 : 『백야에 핀 꽃』(한국신문예문학회 사화집 10호), 2015.

제4부 모시나비 애벌레

업고 안고 : 『대구아동문학회 연간집』, 2015.

골짝물은 : 『서석문학』 34호, 2015.

잠자리 : 『구름다리 건너는 풍경소리』(한국불교아동문학회 연간집), 2015.

모시나비 애벌레 : 『강서문학』 25호, 2013

배고픈 시절 : 『어린이문학』, 2015년 겨울호.

매롱 매롱 메엘 : 『한국현대시』 13집, 2015.

꽃밭 : 『마포문학』, 2015.12.

수영교실 : 『아동문학평론』 152호, 2014.

책 : 『짚신문학』 17호, 2015.

째깍째깍 : 『서울문단』 3호, 2015.

밤송이와 까치집 : 『동산문학』 14호, 2015.

어지럽겠다 : 『문화와 문학타임』 2015년 가을호.

한 식구 : 〈동시의 날 기념식〉 낭송, 2015.11.

추운 아침 : 『문학세대』 34호, 2015.

같은 물인데도 : 상주문인협회, 『낙동강』, 2015.

지갑 : 『문학세대』 34호, 2015.

동시 속 그림

김수빈(서울, 경복초 3학년)

하유빈(서울, 경복초 3학년)

이요안(서울, 경복초 3학년)

유현우(서울, 경복초 3학년)

황서현(서울, 경복초 3학년)

장헌서(서울, 경복초 3학년)

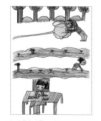

김시윤(서울, 경복초 3학년)

최은규(서울, 경복초 3학년)

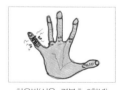

하유빈(서울, 경복초 3학년)

최시후(서울, 경복초 3학년)

이기윤(서울, 경복초 5학년)

배은우(서울, 경복초 3학년)

정초원(서울, 경복초 6학년)

장승민(서울, 경복초 6학년)

이재연(서울, 경복초 6학년)

이연우, 도형우
(서울, 경복초 6학년)

진형서(서울, 경복초 6학년)

김성은(서울, 경복초 6학년)

김세훈(서울, 경복초 6학년)

김주연(서울, 경복초 6학년)

김규민(서울, 경복초 6학년)

김수연(서울, 경복초 6학년)

우지은(서울, 경복초 6학년)

김시윤, 차승원(서울, 경복초 6학년)

강은서, 민유진
(서울, 경복초 6학년)

조준휘(서울, 경복초 6학년)

전주혁, 김태민, 송선우
(서울, 경복초 6학년)

www.prun21c.com

www.prun21c.com

www.prun21c.com

www.prun21c.com